마디마디 팔딱이는 비트를

창 비
청소년
시 선
17

마디마디
팔딱이는
비트를

김미희 시집

창비
교육

차
례

제1부 ●

못갖춘마디는
푸르다

냉장고의 충고 10

러닝머신 11

빨간딱지 12

소주병 14

성냥 16

대나무 17

이어폰 18

방충망 19

야구공 20

화장지 21

튀튀 22

투명 테이프와 발레리나 24

급훈 25

알람의 항변 26

30센티미터 자의 꿈 27

제2부

까칠해진
너에게

까칠해진 너에게 30

영포자의 자부심 31

놀라운 일 32

누구도 막을 수 없는 33

예의 34

고래 등에는 나무가 자란다 35

비 36

프로의 자세 37

장기 기증 서약서 38

미안해지지 않기를 39

아기는 어떻게 만들어지나 40

1원의 가치 42

우산을 위해 43

흔들흔들 44

고요 45

제3부

수제비
인생론

눈송이는 달라서 48

로봇이니까 50

철새를 보러 가는 이유 51

모험생 개구리 52

너의 대표작 54

대가들의 공통점 56

창작이란 57

제비 조련사 58

전문가들의 고백 60

수제비 인생론 62

허물 63

우리들의 바다 64

무엇의 시작 1 66

무엇의 시작 2 67

취업 걱정 없는 세상 68

제4부

예술가와
산다는 것

예술가와 산다는 것 70

제주의 봄 72

뻔한 미래 73

돌담 74

던지는 소 76

신인류 78

Can에 대해 생각하다 79

가난한 자의 선물 80

친구 81

이쑤시개 슈퍼스타 82

유산 83

결혼 84

좋아하려면 85

친구가 필요하면 86

닮는다는 것 87

해설 88

시인의 말 100

제1부

못갖춘마디는
푸르다

냉장고의 충고

수명 연장을 원하세요?
입원 수속을 하세요
어느 칸에 들어가실래요?
맨 아래 서랍은
들어갈 수 있는 고객이 따로 있어요
식물들의 방이죠. 웰빙족을 위한 VIP병동이에요
위, 중간, 아래 결정하셨으면 병동 문을 닫아 주세요

이이잉윙 슈이이잉
일정 시간마다 심장에 펌프질을 하죠
생명 연장의 젖을 물리는 소리
수명을 최대로 늘려 주기 위해 안간힘을 쓰고 있죠
하지만 영구적인 목숨을 얻지 못해요
불로장생 불가,
주의 사항 숙지하셨죠?

러닝머신

우리 집으로 물건이 들어오던 날
아빠 뱃살은 한숨을 쉬었습니다
날이 갈수록 뱃살의 한숨은 비웃음으로 바뀌었습니다
물건은 역시 물건이었습니다. 나무가 되다니요?
달리기를 잊은 몸에서 곰팡내가 나더니
거름이 됐나 봅니다 꽃을 피우고 열매를 달더군요
알록달록 옷들이 주렁주렁 치렁치렁

러닝머신 나무는 의연하게 서서
합리화라는 꽃을 피우고 있어요

빨간딱지

종이의 종착역은 딱지였다
무슨 종이든 내 손에 걸리면 딱지로 변했다
딱지치기로 인해
뒤집고 뒤집히는 것이 인생임을
호락호락하지 않은 게 인생임을 배웠다

아버지는 어디에 계신 걸까?
빚이 우리 집 빛을 먹어 치웠다
영혼을 파먹을 기세로 집 안에 딱지가 붙었다
빨갰다

도망가지 못하는 물건들은 딱지를 받아들이고 있었다
어릴 적 내가 딱지를 모두 잃어버렸을 때처럼
할머니는 주저앉았다
딱지를 뒤집고 다시 찾을 수 있을까?

멍멍!
우리 강아지에겐 딱지가 붙지 않았다

강아지는 주저앉지 않았다
네 다리로 꼿꼿이 서서 짖어 댔다

소주병

스트라이크!
스트라이크!

아버지는 스트라이크를 좋아했다
열심히 볼링 핀을 사 모았다
아버지가 사 온 볼링 핀은 모두 '그린'이었다
맑음을 사랑하셔서 선택한 색깔일까?
볼링 핀들은 스트라이크로 쓰러져 있다
볼링 핀이 늘어 갈수록
스트라이크가 늘어 갈수록
아버지의 방은 외로워졌다
맑음은 맑음을 좋아하지 않나 보다
냄새를 뿜으며 접근을 막았다

나는 볼링 핀들을 슈퍼에 팔고
방문을 활짝 열었다
'그린'을 버리자 아버지의 방이 맑아졌다

나는 아버지가 다시 세상을 향해
스트라이크를 날리기를 바랐다

스트라이크!

성냥

아빠가 성냥을 가져오라며 서랍을 가리켰을 때
나는 잠시 어리둥절했다
아빠도 애완동물을 몰래 키우나 보다 친근감이 들었다
그리고 이내 알아차렸다
「성냥팔이 소녀」에 나오는 그 성냥이라는 것을
그건 불을 뿜는 조그만 도구라는 것을
아빠가 동화 속 물건을 가지고 있을 줄이야
뜨거움을 옮겨 주면 바로 죽고 마는 붉은 얼굴의 새
아빠의 건축은 성냥 탑을 쌓으며 시작되었다고 한다
불이 집을 나간 밤, 성냥 한 개비가 촛불을 살리고 스러
졌다

우리 집 서랍엔 승냥이 동생일지도 모를 성냥이 산다
우리 아빠의 애완동물이다 이름은 '추억'
'추억아' 하고 부르면 나이 든 이 애완동물은
비딱하게 누워 대답하지 않는다

16

대나무

못갖춘마디는 푸르다
땅을 딛고서
하늘을 받들고
햇살을 안으며
때론 빗물을 삼키며
바람에 흔들리며 노래하는
나는 푸른 마디
마디마디 팔딱이는 비트를 갖춘!

이어폰

나는 탯줄입니다
왼쪽 오른쪽 태아 둘과 연결됩니다
몸과 마음이라는 쌍둥이입니다

나를 통해
세상을 듣습니다
밖에서 끊임없이 걸어오는 말을
열심히 듣습니다
세상살이는 듣기가 우선이라 그럴까요
탯줄을 주렁주렁 단 사람들이 거리에 넘쳐 납니다

탯줄로 좋은 양분만 전달되기를 바랍니다

방충망

#######
#######

여긴 우물이야
들어오지 마

벌레들이 경고문을 보고
끌끌 혀를 찼다

"이런, 우물 안 사람들 같으니라고"

야구공

온통 꿰맨 자국이 얼굴을 누비고 있다
맞는 게 인생인 야구공은
미리 꿰매고 마운드에 오른다
어느 형님처럼 위협적이다

야구공이 하는 말은 단 한 문장이다
어디 때릴 테면 때려 봐
째려보는 모습에 기가 질린다
타자가 하는 대답도 하나다
그렇게 원하신다면 내 기꺼이

야구공은 맞아 떨어지면 온몸으로 구른다
꿰맨 자국이 아파서 비명을 지르며
전설의 포수, 요기 베라의 말을 되새긴다
끝날 때까지는 끝난 게 아니다

화장지

두루마리 화장지
둘둘둘둘
하얀 갈비가 말려 있다 떨어져 나간다
마지막 남은 뼈다귀는 우리 강아지가 자근자근 물어뜯
는다

한 장 한 장 품 안의 자식을 떠나보내며
이별을 참아 내는 집 한 채
시작이기도 했던 마지막 한 장마저 떠나보내고
네모난 빈 상자로 남은 집
텅 빈 집
끝내 집은 허물어지고 재활용 더미로 보내진다

인간은 죽어서 이름을 남기고
휴지는 죽어서 무엇이 되나

튀튀

발레 스커트 이름은 튀튀야
아마도 발끝을 튀어 오르게 하는 비밀은 치마에 있을 거야
빙그르르 도는 비밀까지 치마에 숨긴 게 분명해
마루에서부터 12인치
그 길이를 가진 발레 스커트를 입으면 사랑을 줄 수 있
을 거야
튀튀,
누가 붙였을까 그 이름
발음하는 내 혀가 먼저 춤을 춰
너도 불러 봐 튀튀
어때 튀튀가 튕겨 오르지?
우리 입에 올린 김에
욕 나올 땐 튀튀로 바꿔 말할까
튀튀
튀튀
욕도 사뿐 날아갈 것 같아
에이, 이 튀튀 같은 놈아!
너 정말 튀튀 맛 좀 볼래?

말에 치마가 입혀지네
튀튀 입고
튀튀 빵빵
가벼웁게 비상

투명 테이프와 발레리나

뱅글뱅글 돌기만 하는 생활
누군가를 붙이고
무엇을 붙이고
붙이고
돌고 돌아 생명의 길이 끝나면
쓰레기통으로 버려지는 투명 테이프의 삶

아라베스크 발롱 를르베 바뜨리
발레리나는 돌고 돌지만은 않는다
몸과 머리를 함께 써야 하는 일들은 지루하지 않다
붙어 있거나 붙어 있을 새가 없다
발레리나의 춤은 불투명하다
투명하지 않은 움직임이 예술이 된다

급훈

우리 반에 똑같이 엮인 서른네 마리의 굴비
몰개성적 굴비는 되지 말라고 가르치지만
그게 그거인 몇 두름의 굴비

똑같이 엮이는 거 싫어
바닷속을 탐험하는 조기가 될래

조기를 닮고 싶은 우리 반 꿈나무들의 구호
"굴비가 되지 말자"

알람의 항변

학교 가야지 일어나 일어나
엄마가 나를 깨우죠
엄마한테 화를 냈어요
피자 쿠폰이 당첨돼서
세숫대야만 한 피자를 막 먹으려던 참인데
깨우는 바람에 못 먹었다고

다음 날 엄마는 나를 깨우지 않았어요
지각하겠다고 엄마한테 막 화를 냈어요
엄마는 당황한 표정으로 대답했죠
오늘은 피자 꼭 먹으라고 안 깨웠지

30센티미터 자의 꿈

나는 자, 30센티미터 눈금 안에서 진단을 하지
누구를 아프게 하려고 태어난 건 절대 아냐
내 몸을 두 동강 내며 내 꿈을 짓밟는 짓은
제발 하지 마

롤링롤링 휘릭휘릭
바람을 가르며
나는 춤을 추려고 태어난 거야

펜싱 검이 될 수도 있지
비웃지 마
꿈은 꾸라고 있는 거고
불가능은 없으니까

제2부

까칠해진
너에게

까칠해진 너에게

보리는 익을수록 온몸이 까칠하다
밤송이도 거칠고 까칠해진다
까칠해졌다는 것은 지킬 게 생겼다는 것이다
책임이 생겼다는 것이다
따갑다 자꾸 누군가를 아프게 한다
의도하지 않은 상처를 준다

정말 시간이 약일까?

영포자의 자부심

영어 울렁증을 가진
너한테 절대적으로 유리한 것 하나는
영어로 거는 최면에는
결코 넘어가지 않는다는 것
최면술사의 수고로움을 무색하게 만든다는 것
최면 연구가 직면한 문제를 하나 더 추가했다는 것
바로 네가

놀라운 일

'오늘 실컷 놀아'라는 말
이 말이 진심으로 느껴질 때

그 말을 듣는 내 귀가
두 개밖에 없는 게 안타깝고

박수 치는 내 손이
두 개밖에 없는 게 아쉽다

누구도 막을 수 없는

내 잠은 침대를 가리지 않는다
할머니의 잠은 늙어서 말을 안 듣는단다
엄마의 잠은 까칠해서 꼭 엄마 침대만을 고집한다
내가 아기였을 때 내 잠은 너무나 어려서 침대를 구분하
지 못했다
엄마 등이 침대인 줄 알았다
잠은 서서히 내게 길들여져도 너무 길들여져
아무 침대에서나 아무 때나 겁 없이 잔다
심지어 팔을 베개 삼아 잔다
책의 침대를 쉬는 시간마다 점령하고
분비물을 쏟아 내고도 태연하다
내 잠은 루비콘강을 건넌 카이사르처럼
저돌적이다 그 근성을 재울 수가 없다
사춘기 군단이다 이 막강한 군대에서
강력한 호르몬까지 주입받는다
사춘기의 주권은 잠에게 있고
모든 권력은 잠으로부터 나온다
잠에게 오늘도 나는 항복한다

예의

청설모가 큰 나무에 구멍을
몇 개나 뚫어 집을 지었다
품이 넓은 나무만 골라
나무의 심장, 혈관, 장기 그 어떤 것도 다치지 않게
조심조심 길을 냈다
아름다운 소심함으로 얼마나 걸려 길을 내었을까

살얼음을 재우듯 까치발로 드나든다
나무에 깃든 예의를 아는 청설모가
지구에 깃든 예의를 모르는 인간들에게
꽁지를 살래살래 젓는 이유를 알 것 같다

고래 등에는 나무가 자란다

고래가 제 등에 심은 나무
금방 자라서 솟아오르는 나무
심자마자 부서지는 나무
그래도 포기하지 않는 고래
내 작은 언덕에 꼭 나무를 심을 테야
나무를 심는 고래
포기를 모르는 고래
그래서 살아 있는 고래

비

세대를 이어 이어
선 긋기
가늘게
굵게
비스듬히
간간이 멈춤
다시 긋기

바람을 만난 선
창문을 만난 선
폭포가 되는 선
웅덩이에 뛰어내리는 선
선 선 선 선
멈추다 달리다 잇다 건너뛰다
긴 세월 멈추지 않는
한 줄

프로의 자세

꽃나무는 마음에 들지 않는지
올해 또 제가 애써 그린 꽃을 지운다

화가(花家)의 길
일가(一家)를 이루는 길
해마다 그리고
지우고
또 그리고
연습에 연습을 거듭하는 것
저 꽃처럼

장기 기증 서약서

마음이라는 장기가 가루처럼 으스러져요
몹쓸 곰팡이가 자리를 잡았나 봐요
아파요 무지 아파요
누가 장기 이식 좀 해 주세요
불치 판정을 받은 나를 구원해 줄
장기 기증자를 애타게 찾습니다
전봇대에도 붙일 수 없고
인터넷에도 광고할 수 없습니다
주위에 계신 분들에게 알립니다
만에 하나 극적으로 내가 재생한다면 나는
꼭 장기 기증 서약서에 사인을 할 것입니다
살아 있을 때만 할 수 있는 일이니까요
나는 마음 기증자가 되고 싶습니다

미안해지지 않기를

물고기는 비늘로 나이를 말하고
나무는 둥근 테로 나이를 말하는데
나는 무엇으로 나이를 말하나
해를 거듭하며 새겨질 성장층이
기껏 여드름 자국이어야 하나

열 살 때 쓴 일기장을 꺼내 읽었다
"일곱 살 때 신호등이 빨간불일 때 건넌 적이 있다
왜 그랬을까 일곱 살의 내게 미안하다"라고 쓰여 있었다
열 살인 내가 일곱 살인 내게 미안하다고 했다

어른이 되었을 때
지금의 내게 미안하지 않아야 할 텐데
내일의 내가 오늘의 나한테 미안하면 안 되는데
그런 생각으로 잠이 안 온다
낮잠을 너무 잔 탓이다
낮잠 잔 내게 이 밤 또 미안해진다

아기는 어떻게 만들어지나

아기는 가슴에서 만들어진단다
네가 올 때 들렸거든 콩콩콩 가슴이 뛰는 소리
쉼 없이 설레는 소리가
내게 특별한 기계가 장착, 작동하기까지
시곗바늘이 얼마나 뱅글거리며 서성였을까?
기계를 갖게 돼서 두렵고 설렜단다
너를 만드는 소리 콩콩콩
한 발짝 한 발짝
네 소리만 들을 수 있는 귀도 하나 더 생기더라
너를 만들어 내느라 가슴이 얼마나 바빠지던지
그러니까 아기는 가슴으로 만들어지는 거야

절대 정답이 아니지만 수긍해 드렸다
오늘은 내 생일이고 그 말은 엄마가 준비한 선물이라서

그러니까 난 진짜 궁금하다
내 가슴에 아기가 만들어지는 기계가
장착될 때까지 얼마나 더 기다려야 할까?

이런 게 궁금한 건 그러니까 나이 탓이다

1원의 가치

휴대폰 가게에 커다란 플래카드가 펄럭인다
휴대폰 1원
대부분 가게에는 이렇게 쓰여 있지
휴대폰 0원 또는 휴대폰 공짜
받을 수 없기는 1원이나 공짜나 0원이나 매한가지

그러나 1원이라고 쓴 건 용기지
차별화이고 창의성의 발현
책임을 지겠다는 얘기
공짜가 아닌 1원이라는 가치
한 끗 차이
그 한 끗이 너를, 나를 만든다고 생각해

우리 1원짜리 휴대폰 구경 갈래?

우산을 위해

우산은 비 오는 날만 나들이하잖아
얼마나 신나겠어
비에 흠뻑 젖는 꿈을 날마다 꿨을 거 아니니
비 안 맞으려고 피하는
우리를 한심하게 바라볼 수도 있어

어느 정도 젖어 주면서 우산의 마음을 이해해 봐
그렇다고 왕창 젖진 마
우산이 맞을 비를 대신 맞는 건 예의가 아니니까

흔들흔들

달걀을 깔끔하게 깨려면 흔들흔들
서너 번 좌우로 흔들어서 달걀 막이 껍질로부터 분리되어야 한대
신발을 잘 신으려면 뒤집어서 흔들흔들
신발을 침대로 삼고 자던 녀석들을 깨워 내보내야 한다네
사람을 얻으려면 흔들흔들
마음을 흔들어 이 사람 좀 괜찮네라는 말을 떠올리게 해야 한다는군
흔들흔들 흔들 생각은 흔들의자가 없어도 될 거야 우린 흔들리게 태어났으니까
일단 몸을 흔들흔들 음악이 있으면 더 좋겠지 흔들흔들 마음도 흔들흔들
네가 흔들리는 건 당연해 나도 흔들려 우린 흔들려
목이 엉덩이가 팔이 다리가 가만있어야 한다면 얼마나 갑갑하겠니

고요

얼마나 깊은지
그 깊이를 재려고
아래로 내려간 금붕어가
언제 차르르
꼬리로 차며 올라와야 할지
때를 기다리는 시간
숨죽이고 기다리는 시간

제3부

수제비
인생론

눈송이는 달라서

똑같은 눈송이는 없다
다 다르다

배추밭의 눈송이
나뭇가지의 눈송이
지붕 위의 눈송이
담장 위의 눈송이
다 다른 눈송이

배추가 되고
나무가 되고
지붕이 되고
담장이 되고
같은 그림 하나도 없다

눈송이는 달라서 저마다
달라서
다른 그림을 그린다

다 달라서

로봇이니까

엄마가 찾아낸
로봇 청소기와
나의 공통점은
보고 있으면
답답하다는 것
가속기를 달아
씽씽 앞으로 앞으로
달리게 하고 싶다는 것

철새를 보러 가는 이유

와야 할 때를 아는 새
가야 할 때를 아는 새

철든 새를 만나면
혹시나 철이 들까 하고

모험생 개구리

엄마 자궁으로 갈 때
네 달리기 실력은 상상 초월이었지
몇 억 마리들을 제치고 일등 한 올챙이니까
그런데 왜!
자궁 밖에선 일등을 못 하니?
구박만 받으니 열받지?
일등 했던 올챙이 시절로 돌아가고 싶었는데
너는 개구리가 되고 말았지
수많은 개구리들로 가득한 세상

하라는 대로만 하는
모범생 개구리는 개굴개굴 울고
우물에서만 살고

하지 말라는 것, 남이 하기 싫어한 것들만 한
모험생 개구리는 제멋대로 울었지
못난이 기간을 견뎌 왕자가 되고
중사 계급까지 단 '케로로'도 있더니

뉴스에 나온 개구리도 있더라

청개구리가 된 걸 축하해!
네가 쏠 전설 기대할게

너의 대표작

고흐는 그 많은 해바라기를 그리면서
얼마나 많이 굶주림과 싸웠을까
팔리지 않는 그림을 그리는 가난한 고흐는
해바라기씨를 먹고 싶은 만큼
해바라기를 그렸을지도 몰라
해바라기씨가 세상에 퍼뜨려지는 상상을 했을지도 몰라
가난한 예술가라 붓 터치 터치마다 풍요로움을 기원했
을 거야

나는 무얼 그릴까
사이다가 열리는 나무
피자가 구워지는 지붕
아이스크림이 흘러내리는 폭포

우리 엄마는 누르면 저절로 밥상이 차려지는 우산을 그
릴 거래
너는? 네가 고흐라면? 가난하다면?
네 대표작은 무엇일까

아니, 그보다 팔리지도 않는데
고흐처럼 그렇게 그림을 그릴 수 있을까
나는 나와 싸워 이길 수 있을까

대가들의 공통점

야구공이 없을 때도 홈런 치기를 게을리하지 않는다
축구공이 없어도 공의 움직임을 볼 줄 안다
빗자루에서 음악을 꺼내 올 줄 안다
직선 대신 곡선의 길을 기꺼이 받아들인다
슬픔과 고통이 예술의 에너지가 됨을 이해한다
하지 말라는 일이 더 재밌다는 것을 안다
누가 뭐라 해도 나의 길을 간다라는 말을 실천한다

창작이란

불리는 것!
네가 잡은 한 오라기 실을 불려
따뜻한 스웨터 하나 짜는 것
감기를 이길 목도리 하나 만드는 것

어디 나와 보라지 나처럼 불릴 수 있는 사람
스웨터 부피만큼 몸집을 불리는 방학
바야흐로 내 몸 창작 중

제비 조련사

물수제비를 잘 뜨고 싶으면
물가에 서야 하는 게 먼저다
다음은 돌을 잘 골라야 한다

매끈한 돌
작지도 크지도 않은 돌
무엇보다
폴짝 뛰고 싶어 하는 돌을 골라야 한다
돌의 마음을 읽어야 한다

골랐으면
네 손안의 돌멩이에게
가라앉지 않을 용기를
불어넣어야 한다
그럴 때 돌은 세상에서 가장 날렵한 제비로 거듭난다
너는 비로소 제비 조련사가 된다

거슬러 달릴 줄 아는 돌멩이

끝내 가라앉았다 해도
물을 건넌 돌멩이는 나아감을 증명했다
보여 주었다 몸으로

전문가들의 고백

일명 남녀 심리 분석 전문가들인데
연애 밀당을 못해서
10명 중 7명이 솔로란다

박사 학위 받으려고
흡연에 찌든 폐를 해부할 때마다 금연을 결심하지만
해부실을 나오면 담배를 물었다는 해부학 전공 의사

스마트폰, 모니터 너무 오래 보지 말라고
환자들에게 늘 얘기하지만
침대에 누워 불을 끄고
스마트폰을 손에서 놓지 않는 안과 의사

우리 애는 그런 애가 아니에요
왕따 가해자로 판명 난 자식을 두둔하는 교육 전문가

아는데 안 된다는 전문가들의 고백
아는 것과 하는 것은 이처럼 다르군요

나는 학생이란 전문가인데요
공부를 제일 많이 하고
또 잘해야지 다짐하는데 학원을 빼먹기도 하고
수업 시간에 졸아요 시험 결과는 언제나 실망이죠

우리 엄마 아빠는 학부모예요
아빠 엄마를 오래 해 오고 있죠
그러게요 전문가들은 다 그렇더라고요

수제비 인생론

목표는 왜 내게서 자꾸 멀어지기만 할까요?
남들은 어째서 앞서만 갈까요?

어머니는 수제비를 뜨고 계셨다
납작납작 떼어 낸 반죽마다 어머니 지문이 찍혔다
지문에는 어머니의 인생이 새겨져 있다
살아온 인생을 걸고 어머니가 내게 말했다
끓는 물에 먼저 들어간 수제비나
나중에 들어간 수제비나
그릇에 담길 때는 똑같단다

한 쪽 한 쪽 첨벙거리며 뛰어든 수제비들이
다 떠오르자 어머니는 가스 불을 껐다

허물

나뭇가지가 팔꿈치에 온 힘을 주고
매미 허물을 붙들고 있는 것을 보았다
매미는 나뭇가지를 믿고 기꺼이 맡겼고
나뭇가지는 있는 힘을 다해 허물을 내놓지 않았다
누구의 눈에도 띄지 않기를 바랐을 텐데 내가 보고 말았다

나뭇가지는 매미에게 얼마나 미안할까
매미는 나뭇가지에게 짐을 지운 것 같아 얼마나 속상할까
쓸데없이 허물을 보아 버린 내 잘못이 크다
나는 나뭇가지가 조금은 긴장을 풀도록
넓은 나뭇잎을 커튼처럼 걸어 주었다
매미가 속상하지 않게
나뭇가지가 믿음을 지킬 수 있게
허물이 생명을 다하는 날까지 덮이기를 바랐다

우리들의 바다

심심海
물고기 하나 없는 깊은 바다
해초조차 자라지 않는 그런 바다
이상海
나 혼자 두고 넌 어디로 갔니
이 넓은 바다에 동그마니 떠 있어
곧 비가 쏟아질 것 같아
우울海
내 방에 들어찬 바다
우중충海
친구라고 생각한 네가 왜 떠났는지
나는 궁금海
내 마음속엔 함께한 시간들이 강물처럼 흘러가
나를 두고 떠난 너의 편지
미안海
걱정하지 마 나는 곧 안녕海질 거야
언젠가는 우리 바다에서 만날 거니까
그때 다시 사랑海

오늘 나는 우울海를 하늘로 보내려 해
우리 바다의 이름도 지었어
내일을 희망海

무엇의 시작 1

머리 염색 귀걸이 삐딱한 모자 찢어진 청바지 철을 잊은 부츠 춤꾼이 시동을 거는 거죠 춤은 차림에서 시작되니까요 그럼요 무엇의 시작은 차림이지요 제대로 차려입으면 몸이 귀신같이 알거든요 공부만 하라고 교복을 입히는 거잖아요 그러니까 학교 마치면 교복을 벗는 거예요 나는 다른 내가 되죠 내가 나를 발견해 보려고요

무엇의 시작 2

시 쓰고 싶다고 했더니 어느 시인이 그러더라
시는 오는 거래 어느 날 누가 선물로 주는 거래
오늘은 기분이 좋으니까 옛다 딸기 시를 받아라
오늘은 기분이 꿀꿀하니까 우산 시를 받아라
오늘은 힘이 펄펄 나니까 독수리 시를 받아라
누군가 자꾸자꾸 던져 주는 거래
누군가 계속 시를 던져 주는데 놓칠 때가 많대
글러브가 시원찮아 못 받나
지금도 하늘에서 땅에서 시가 흩어진다네
글러브를 장만하고 글러브 끼는 법을 알고
잡아챌 매의 눈이 필요하다고
시력을 키워야 한대
글러브 없으면 글러브부터 사는 게 오늘의 할 일이래
시 쓰기조차 무얼 사는 것에서 시작하네

너, 글러브 있니? 그 글러브는 서점에서 판대
(PS. 도서관에서도 빌려준대)

취업 걱정 없는 세상

공장이 돌아가지 밤낮없이
어라, 공장에서 일하는 사람들이 자꾸 키들거리네
꼼틀거리는 시심을 삽으로 척척 떠서
주물주물 쉼 없이 일하는데
하나도 지치지 않는다네
매연 대신
시 시 시 시
굴뚝에서 퐁퐁 나오는 연기들을 보면
인생이 뭔지 알겠다나
시들이 공장에서 나와 슈퍼마켓으로 가고 식탁에 한 알
씩 오르는 후식이라니!

삼천리 방방곡곡에 이런 공장 만들어지면 나는 거기에
취직하고 싶어
매년 시 공장에서는 행복과 가난이 반비례하는 데이터
를 내놓을지 몰라
몸소 공장에서 일해 보고 얘기해 줄게 그러니 취업 걱정
은 하지 마

제4부

예술가와
산다는 것

예술가와 산다는 것

강아지를 키우고 싶다고 말했을 때
아버지는 물었다 감당할 수 있겠냐고?
배설에 관한 책임감을 묻는 질문으로 안
나는 자신 있게 대답했다

우리 스피츠는 그랬다
귀를 자른 고흐의 정신으로
벽지들을 뜯어 놓았고
화장실 휴지통의 향기를
나비 흉내를 내며 거실로 옮겨 놓았다
여인들을 열렬히 사랑한 신윤복처럼
내 양말에 집착했고
가죽 구두에 핀아트를 응용한 작품을 선보였다
수시로 사색을 가장해 창밖을 동경하며 바라본다
그 모습이 얼마나 애절하고 아름다운지 모른다

아버지가 말한 감당론의 핵심은
정형화를 싫어하는 강아지의 예술을

이해할 수 있겠냐는 거였다
집 안 곳곳 가리지 않고 예술 작품으로 도배해도
심미안으로 바라볼 수 있겠냐는 거였다
예술성을 인정해 줄 엄마를 너는 가졌냐는 거였다
내 몸 뚝뚝 그의 냄새가 흘러도
예술가의 냄새로 포용할 수 있겠냐는 거였다
때론 개 언니로 불리는 일체화를 견딜 수 있겠냐는 거였다
까칠한 예술가를 가족 일원으로 받아들일 수 있겠냐는
거였다

확실한 것 하나는 이제 내가
'그럼에도 불구하고 사랑을 정의 내릴 수 있게 됐다'는
것이다

제주의 봄

4월 제주
유채꽃, 보리밭, 하늘이 화면 가득

3도 채색만 허락된 제주의 봄을
방에 앉아
보기만 하네요
감탄만 하네요

한 푼 두 푼
착하게 정직하게 산 사람들은
텔레비전에 걸린 제주를 보아요

하느님,
이들이 제주에 가는 날에는
3색 사이에 색 하나를 더 허락해 주세요
웃을 때 환한 이가 잘 보이게 흰색은 특별히!
넉넉하게 풀어 주세요

뻔한 미래

모든 태어나는 것들에는 선택권이 없다

하필이면 왜 나는 경수의 글씨로 태어났을까?
김정희의 추사체까지는 바라지도 않는다
해정이의 휘파람체도 아니고
선우의 깔맞춤체도 아니고
컴퓨터가 울고 갈 정이의 반듯체도 아니고
하필

너는 좋겠다 누구나 부러워하는 강빈이 글씨라서

진화할 가능성이 보이지 않는데
미래를 기대해 볼 수 있을까?
다음 생에서는 누구나 나를 읽을 수 있으면 좋겠다

돌담

설문대 할망은
제주 사람들에게
당근을 맡기기 전
무를 내주기 전
무엇을 허락하기 전
시험을 보게 한다

이걸 캐 보거라
밭에서 돌을 캐고
또 캐고
사람들은 끝없는 시험을 치르며
팔 힘을 키우고
다리 힘을 키우고
인내를 먼저 키운다

돌들은
밭담이 되어 쌓였다
통과!

그제야 할망은
당근을
무를
땅콩을
그 무엇을
키워 캐도 좋다고
허락하였다

던지는 소

꽃향기를 맡는 소가 되지 못하고
암소를 사랑스럽게 바라보는 역할을 못 맡고
한가롭게 석양을 바라보는 소가 되지 못하고
어째서 표독스러운 연기만을 허락받은 소가 되었을까

피카도르 투우사의 긴 창에 맞아 붉은 피가 솟고
투우사 반데리예로가 6개의 원색 반데리야를 꽂으면
싸움소는 깃발을 꽂고 출렁이는 작은 산이 된다
스스로 무덤이 된다 죽는 날이 정해진 소
마무리 투우사 마타도르의 붉은 물레타에 감춰진
에스파다에 찔려 죽을 걸 알면서
성내며 달려드는 소 마지막까지 성을 내는 소
투우사를 투사로 만들어 주고 떠나는 소
클로징을 침묵으로 준비한 소

투우는 싸움소가 아니라 던지는 소인지 모른다
제 몸을 던져 관중을 흥분하게 하는 소
마지막까지 슬픔을 모르는 척 감춰 두고 떠난 소

온몸으로 생명을 연기하는 소
관객 중 누군가는 그의 연기를 처절함으로 느낀 영화
엔딩이 잊히지 않는 영화

신인류

우리 동네에서 인류의 진화 과정을 만났다
아빠 엄마 누나 남동생 여동생
다섯 명이 일렬로 걸어간다
휴대폰에 얼굴을 박고 한 걸음 한 걸음 앞으로 나아간다
저 장면 역사책 앞부분에 있었지
오스트랄로피테쿠스부터 호모 사피엔스 사피엔스까지

저녁을 먹으러 가는 것일까
밥 먹고 집으로 돌아가는 것일까
노을을 등지고 길을 건너간다
대화가 불필요한 혹은 대화가 불가능한 인류들
인류의 변화도 반복 순환하는가
구부정했던 인류가 곧은 사람이었다가
다시 조금씩 구부정해지나 보다
호모 모빌리스, 교과서에 실릴 사진이 걸어간다
나란히 나란히 한 줄로 서서

Can에 대해 생각하다

꽁치가 **깡통**에 갇혀 있어요
구출해 줄 수 있나요?

―물론 **구해 줄 수 있어요**
우선, 꽁치에게 비명을 지르라고 **해 줄래요?**

가난한 자의 선물

* 꽃:
엄마 잔소리를 막아 줄 무기
기념일을 알려 주는 달력
미친 여자를 구분 짓는 잣대
피고 지는 것이 인생을 닮았지
자연이 자랑으로 삼는 피조물
축하해 사랑해 녹음된 파일
비유를 가르치는 재료
형용사의 쓸모를 각인시켜 주는 명사
다발로 있을수록 감탄을 부르지
엽서랑 짝이 되는 특별품
그리고 무엇보다 중요한 사실
마주할 때마다 너를 생각나게 하는 것

생일 축하해!
꽃에 대한 정의로 꽃다발 대신할게
내 맘 알지?

친구

걸어 다니는 내 일기장
내 비밀을 속속들이 알고 있다
그러나 끝까지 믿을 수는 없으며
훗날 자기가 기억하고 싶은 것만
기록한다는 단점이 있다
잃어버릴 확률이 높다
소장 가치가 높아지려면 오래 걸린다

이쑤시개 슈퍼스타

케이팝(K-pop) 스타들의 공연
엄마가 공짜 표를 얻어 왔다
체육관은 커다란 시루
콩나물들이 빽빽이 들어찼다
나는 맨 뒷줄 콩이었다
저 멀리 불빛 속에서
이쑤시개들이 춤을 추었다
이쑤시개들이 노래를 불렀다
콩나물들이 소리를 질렀다
나는 이쑤시개를 보려고
콩콩콩 까치발로 발돋움을 하다
결국은 쓰러진 콩나물이 되었다

노래하는 이쑤시개를 보고 온 날부터
우리 집 이쑤시개 통이 예사롭게 보이지 않는다
슈퍼스타들이 모인 집이다
어쩌면 냉장고에서는 콩나물들이 머리를 내밀고
콩콩 발돋움을 하고 있을지 모른다

유산

소라는 죽었으나
집은 죽지 않았다
집이 없는 이들에게 집을 남기고 떠났다

집게는
소라 집에 들어가 살면서
문패를 바꿔 달지 않는다
소라의 집이었음을 누구나 안다

하나가 떠나면 누군가가 또 들어가 집을 살린다
집에 체온이 흐른다 팔팔 살아 움직인다
소라의 체온이 영원하다

결혼

떨어져 지냈던 연기와 구름이
사랑해서 결혼을 했다
신부 입장, 땅 쪽에서 연기가 날아올랐다
신랑 입장, 하늘 쪽에서 구름이 내려왔다
결혼식장에서 만났다

지참금이 누구에게나 공개되었다
옛날에
구름 신랑은 푸른 비단을 갖고 왔고
연기 신부는 구수한 밥 냄새를 갖고 갔는데
요즘 신랑 신부는
뿌연 안개와 매캐한 공장 냄새를 들고 만난다
결혼식 장면을 찍는 내 눈도 찌푸려진다

결혼식을 하긴 하는 걸까?
올려다보지 않은 지 오래

좋아하려면

생선을 싫어하는 찬희에게
접시에 누운 물고기가 말했지
내 모습을 제대로 보고 싶으면 속을 보렴
굽은 내 몸이 실은 얼마나 곧은지 알게 될 거야
뼈라는 글자를 보여 주기 위해 얼마나 노력했는지 말야
내 속이 드러날 때까지 젓가락으로 한 입 한 입

어때, 내 뼈를 만나 인사하고 싶지 않니?

친구가 필요하면

입술 화장을 진하게 하고
커피를 한 모금 마시면 친구가 생기지
하얀 컵 안에 숨어서
입술만 내밀고
너랑 똑같은 입술로
얘기할 거야
가끔 홀짝홀짝 대답하고
커피를 다 마실 때까지
가만가만 오래
네 얘기 들어 주거든
친구가 필요하면
입술 화장부터 해 봐
하얀 컵에 든 커피를
한 모금 마신 순간
네 친구 입술이 보일 거야

닮는다는 것

바닷가 끝 곰보할매 기와집
바다가 곁에 있어 바다를 닮은 집
지붕이 파도를 닮은 집

바다와 살아서
파도를 보고 살아서
닮아 갔겠지
닮고 싶어서
파도를 머리에 이었겠지

나는 어느 곁에 있어서
무엇을 닮아 갈까
무엇이 나를 닮아 갈까

예의 있게 까칠해지는 방법

김정숙 문학평론가

1

　김미희 시집 『마디마디 팔딱이는 비트를』은 인생이라는 무대에서 자신이 어떤 존재인지를 보여 주는 한 편의 모노드라마 같다. 막이 열리면 냉장고와 러닝머신이 놓인 집이 있다. 평범한 일상을 보내던 나는 어느 날 '빨간딱지'와 '소주병'을 알게 되면서 철들고 조숙해 간다. 시의 화자가 보이는 약간의 냉소와 얼마간의 무관심은 가족, 그중 아버지에서 비롯된 듯하다. 아버지의 불안은 소주병 수만큼 커지고, 소주병이 많아질수록 "아버지의 방은 외로워졌다"(「소주병」). 스트라이크로 흐트러진 볼링 핀은 내게 쾌감이 아닌 '무질서'로 다가오고, 나는 그 무질서를 사랑하지 않는다. 아버지의 부재를 대신해 "영혼을 파먹을 기세로"'빨간딱지'가 붙는 동안 "빛이 우리 집 빛을 먹어 치웠"고 "뒤집고 뒤집히는 것이 인생임을 / 호락호락하지 않은 게 인생임을 배웠다"(「빨간딱지」). 빨간딱지와 소주병은 '나'를 일찍 철들게 한 빨갛고 멍이 든 푸른 기억이다.

　아픔과 단단함의 시간을 지나며 점차 나는 사춘기로 접어든다. 이 시기는 '누구도 막을 수 없는' 잠의 모습으로 비유된다. 늙어 버려서 말을 안 듣는 할머니의 잠, 까칠해서 엄마 침대만을 고집하는 엄마의 잠, 침대를 구분하지 못하는 아기의 잠과는 달리 청소년 '나'의 잠은 누구도 막을 수 없을 정도로 강력하다. "내 잠은 루비콘강을 건넌 카이사르처럼 / 저돌적이다 그 근성을 재울 수가 없다 / 사춘기 군단이다 이 막강한 군대에서 / 강력한 호르몬까지 주입받는다 / 사춘기의 주권은 잠에게 있고 / 모든 권력은 잠으로부터 나온다 / 잠에게 오늘도 나는 항복한다"(「누구도 막을 수 없는」).

　'나'의 상황이 '잠'과 닮아 갈수록 '나'의 성격 또한 까칠하게 변해 간다. 청소년기는 까칠함이 확연해지는 때이다. 사춘기, 질풍노도의 시기라는 표현 이상으로 청소년들은 복잡한 감정을 느끼고 크고 작은 혼란을 겪는다. 삐딱함과 냉소가 그들을 지탱해 주는 힘인가 싶을 때도 있다. 「까칠해진 너에게」는 그 까칠함의 속성을 탁월하게 보여 준다.

　　보리는 익을수록 온몸이 까칠하다

밤송이도 거칠고 까칠해진다
까칠해졌다는 것은 지킬 게 생겼다는 것이다
책임이 생겼다는 것이다
따갑다 자꾸 누군가를 아프게 한다
의도하지 않은 상처를 준다

정말 시간이 약일까?

—「까칠해진 너에게」 전문

　우리는 어떤 때에 까칠해지는 걸까. 그것은 '책임'과 '상처'
라는 두 긴장 사이에서 생겨난다. 보리와 밤송이는 열매로 맺
어지기까지 자신을 지켜야 한다. 익어 가기 위해 나를 보호할
'가시'가 필요한 것이다. 지킬 게 많아질수록 가시는 굵고 날
카로워질 것이고, 그로 인해서 때로 누군가에게 따갑게 상처를
주고 또 누군가를 아프게도 할 것이다. 시 속의 '나'는 어릴 적
갑작스러운 집안의 파산을 겪었고, 그로 인해 술에 의지한 아
버지의 무너짐을 보았다. 학교에서는 한 줄로 꿰어지는 굴비
같은 제도에 갑갑해했고, "목표는 왜 내게서 자꾸 멀어지기만
할까요? / 남들은 어째서 앞서만 갈까요?"(「수제비 인생론」)와
같은 조바심이 뒤따랐다. 그리고 지금의 '나'에 이른 것이다.
까칠함은 나답게 서기 위해서 자연스럽게 생겨난 성격인 것이
다. 생명이 있는 존재는 살아가는 동안 정도의 차이가 있을 뿐

모두 까칠함을 지닌다. 이런 감정들을 인정할 때 균형 잡힌 일상과 관계를 지속해 나갈 수 있다. 까칠함은 '나'가 자신의 길로 뻗어 갈 수 있게 스스로 터득한 안전장치이다.

2

　현실에서 까칠함은 오해받거나 부정적으로 여겨지는 경우가 자주 있다. 대개 누군가를 아프게 하거나 의도치 않게 상처를 준다는 점에 초점이 맞춰지기 때문이다. '까칠함'이라는 태도를 불편해하는 시선이 클수록 '나'는 누군가에게 거부당하기도 하고, 또 그러한 시선으로 인해 자존감이 결여되기 마련이다. 살면서 겪게 되는 어려움을 해결하고 싶을 때 "정말 시간이 약일까?"라는 물음은 자신을 되돌아보게 하는 특별한 알람 같은 것이다.

　어떻게 하면 책임과 상처를 함께 견디며 나아갈 수 있을까. 시인이 꺼내 놓은 처방전은 흥미롭게도 '예의'이다. '나'는 일탈이나 탈선 대신 책임을 지고 예의를 지키기로 방향을 설정한다. 언뜻 까칠함과 예의가 모순적으로 보일 수 있지만 시편들을 읽다 보면 고개가 끄덕여진다. 그것이 자존심을 지키는 동시에 꿈을 꿀 수 있게 하는 것이기 때문이다.

　시인은 먼저 사람이 아닌 존재들을 '예의 있게' 불러낸다.

청설모가 큰 나무에 구멍을
몇 개나 뚫어 집을 지었다
품이 넓은 나무만 골라
나무의 심장, 혈관, 장기 그 어떤 것도 다치지 않게
조심조심 길을 냈다
아름다운 소심함으로 얼마나 걸려 길을 내었을까

살얼음을 재우듯 까치발로 드나든다
나무에 깃든 예의를 아는 청설모가
지구에 깃든 예의를 모르는 인간들에게
꽁지를 살래살래 젓는 이유를 알 것 같다

　　　　　　　　　　　　　　　　　—「예의」 전문

　나무에 깃든 예의를 아는 청설모는 "나무의 심장, 혈관, 장기 그 어떤 것도 다치지 않게 / 조심조심 길을" 낸다. 자신이 아닌 것을 빌려 쓸 때는 '아름다운 소심함'과 까치발로 드나드는 '배려'가 필요하다. 청설모의 시선에 비친 인간들은 지구에 깃든 예의를 모르는 존재들이다. 자연을 함부로 대하고, 믿음을 자주 저버리며, 상대의 허물을 감싸 주지 않는 우리의 모습을 성찰하게 한다. 비 오는 날만 나들이를 하는 우산의 마음을 이해하려고 할 때에도 "우산이 맞을 비를 대신 맞는 건 예의가 아니"(「우산을 위해」)니 왕창 젖지는 말라고 당부한다.

　예의 있게 다가가는 것은 좋은 친구가 되는 방법이다. 서로가 친구가 될 수 있겠다는 마음은 스스로를 책임지고, 다른 존재를 예의 있게 대할 때 생겨난다. 예의를 지키며 나를 찾아가는 것이 부끄럽지 않고 존중받을 수 있는 방법인 것이다. 살아가면서 많이 듣는 지혜의 말 중의 하나, 역지사지(易地思之). 다른 사람의 처지에서 나를 생각하는 일이 중요하다는 것을 경험할 때가 있다. 우리는 그것의 실천이 더 어렵다는 것도 알고 있다. 타인을 헤아리는 마음이 클수록 직접적인 비난이나 나무람은 적어지고 여운과 되돌아봄의 공간이 커진다. 『마디마디 팔딱이는 비트를』은 세상을 나의 입장에서 느끼고, 생각하고, 바라보기 전에 너의 상황과 감정에서 바라보자는 말을 사려 깊게 들려준다.

　　3

　얼핏 냉정해 보이기까지 하는 시집 속 '나'는 무엇을 위해 엄격하고 단호한 태도를 지니게 되었을까. 시의 화자는 상처받았다고 그 대상에게 직접 화내거나 원망하지 않는다. 대신에 '나'는 자신이 겪은 상황을 내면으로 가져간다. 자신을 둘러싸고 있는 일상, 모두가 굴비처럼 같은 모양으로 엮이는 학교라는 제도 안에서 어떤 목소리를 지니고 어떤 '내'가 되어야 하는지 깊이 생각한다. '대나무'는 내가 닮고 싶은 대상이고, 이루고 싶은 자화상이다.

> 못갖춘마디는 푸르다
> 땅을 딛고서
> 하늘을 받들고
> 햇살을 안으며
> 때론 빗물을 삼키며
> 바람에 흔들리며 노래하는
> 나는 푸른 마디
> 마디마디 팔딱이는 비트를 갖춘!
>
> —「대나무」 전문

'나'는 푸르게 뻗어 가는 대나무의 질서와 단단함을 희망한다. 대나무에게 햇살과 빗물과 바람이 필요하듯 '나'는 하늘을 받들고 햇살을 안으며 마디마디 팔딱이는 비트로 노래한다. 맞는 게 인생인 야구공에게 끝날 때까지는 끝난 게 아니라는 뚝심을 배우고, 세상살이는 듣기가 우선이라 열심히 세상을 듣는 탯줄 같은 이어폰이 되어 보기도 한다(「이어폰」). 나는 발레 스커트 튀튀를 입고 발레리나처럼 사랑의 춤을 추며 때로 욕이 나올 땐 그 욕을 "튀튀" 사뿐 날려 보낼 수 있도록 자신감을 키우고 있다(「뛰뛰」). "멈추다 달리다 잇다 건너뛰다 / 긴 세월 멈추지 않는"(「비」) 비에게서 포기를 모르는 집념을 느끼며, 마음에 드는 꽃을 그리기 위해 "연습에 연습을 거듭하는"(「프로의 자세」) 꽃나무가 되고자 한다.

자신만의 목소리와 개성을 추구하는 것은 정해진 길이 아닌 "표준 규격에서 벗어"(「시인의 말」)나는 모험을 필요로 한다. 표준이란 것은 그 실체도 분명하지 않지만 우리는 암묵적으로 하나의 규격을 만들고, 그것에 맞추어지길 요구하고 요구받는다. 억압하는 것에서 벗어나기 위해 시의 화자는 끊임없이 '가치'의 의미를 묻고 찾는다.

> 그러나 1원이라고 쓴 건 용기지
> 차별화이고 창의성의 발현
> 책임을 지겠다는 얘기
> 공짜가 아닌 1원이라는 가치
> 한 끗 차이
> 그 한 끗이 너를, 나를 만든다고 생각해
>
> —「1원의 가치」 부분

시인은 사회적 명예나 권력, 부와 성공을 대표하는 단어들에 크게 관심을 두지 않는다. 고집스러울 정도로 '나'와 대면하는 '나와의 싸움'을 중요하게 생각한다. 시의 화자는 아주 소소한 차이를 알고, 그 차이가 커질수록 가치 역시 달라진다는 것을 아는 명민한 주인공이다. '나'는 현실적 잣대보다 새로움과 창의적인 가치, 그리고 그로부터 맞게 될 어떤 기쁨과 희망을 간절하게 원한다. 춤, 그림, 글, 그리고 예술가, 작가 등과 관련된 시적 소재는 시집 속 '나'와 시인이 함께 이루고 싶은 것들이다. 특히 시에서 자주 언급되는 '춤'은 투명하지 않은 움직임과 가벼운 비상을 의미한다. '나'에게 춤은 반복적인 습관과 틀에 박힌 생활에서 스스로를 벗어나게 해 주는 '예술'이다.

4

시 속 화자는 의젓하고 책임감이 강한 성격으로 변모한다. 유머 코드를 지닌 두 시 「장기 기증 서약서」와 「미안해지지 않기를」은 화자의 아름다운 소심함을 보여 준다. 마음이 아파 불치 판정을 받은 나를 위해 누군가 장기 기증을 해 주어 극적으로 내가 재생한다면, '나'는 마음 기증자가 되고 싶다. 또한 어른이 되었을 때 지금의 내게 미안하면 안 된다는 생각으로 잠 못 이루다 "낮잠 잔 내게 이 밤 또 미안해진다"(「미안해지지 않기를」).

너는? 네가 고흐라면? 가난하다면?

네 대표작은 무엇일까

아니, 그보다 팔리지도 않는데
고흐처럼 그렇게 그림을 그릴 수 있을까
나는 나와 싸워 이길 수 있을까

—「너의 대표작」 부분

굶주림, 가난과 싸우며 팔리지도 않는 그림을 그린 고흐는 시적 화자에게 이정표 같은 존재이다. 수많은 해바라기를 그린 고흐처럼 "나는 나와 싸워 이길 수 있을까" 되묻는다. 이런 질문의 시간이 많을수록 책임감이 강한 나는, 내일의 나에게 미안해하지 않기 위해 노력한다. "거슬러 달릴 줄 아는 돌멩이 / 끝내 가라앉았다 해도 / 물을 건넌 돌멩이는 나아감을 증명"(「제비 조련사」)하는 것처럼 가치 있는 자신을 만들기 위해 최선을 다한다.

시 「돌담」과 「던지는 소」는 살아가는 일이 시험을 통과해야 하는 어렵고 치열한 과정이라는 것을 말해 준다. 팔과 다리의 힘과 인내를 키운 후에야 허락되는 '다른 그림'을 그리고 싶다. 이를 위해 나는 직선 대신 곡선의 길을 기꺼이 받아들이고, 슬픔과 고통이 예술의 에너지가 됨을 이해하며, 하지 말라는 일이 더 재밌다는 것을 아는, "누가 뭐라 해도 나의 길을 간다라는 말을 실천"(「대가들의 공통점」)해야 한다. 시집에서 보여 주는 크고 작은 다짐들은 내가 얼마나 주어진 시간에 최선을 다하고 있는지 짐작하게 한다. 덧붙여 일상에서 자주 쓰고 접하는 사물들에 인격을 부여하고, 사랑, 연애, 출산 등을 주제화한 시들은 '몸'으로부터 자신을 감각하고 인식하는 젠더적 감수성을 환기하고 있어 주목할 만하다.

이 시집의 가치는 주인공의 독백이 쉽게 잡히지 않는 청소년의 내면과 성격을 드러낸다는 데 있다. 학교나 또래 친구 사이, 그리고 가족 간에 일어나는 에피소드도 어떤 '나'로 살아갈 것인가라는 물음에 온전하게 수렴된다.

수많은 개구리들로 가득한 세상

하라는 대로만 하는
모범생 개구리는 개굴개굴 울고
우물에만 살고

하지 말라는 것, 남이 하기 싫어한 것들만 한
모험생 개구리는 제멋대로 울었지
못난이 기간을 견뎌 왕자가 되고
중사 계급까지 단 '케로로'도 있더니
뉴스에 나온 개구리도 있더라

청개구리가 된 걸 축하해!

네가 쓸 전설 기대할게

—「모험생 개구리」 부분

　이 시는 '모범생' 개구리에 머물지 말고 '모험생' 개구리가 되어 우물에서 훌쩍 뛰어 보라고 용기를 불어넣는다. 청개구리처럼 와글와글 제멋대로 울 수 있다면, 더 큰 세상을 만나고 다른 존재로도 '변화'할 수 있다. 그럴 수 있을 때 우리는 누구나 자신만의 '전설'을 써 나갈 수 있다. 그 과정에서 절제와 최선을 다하고 있는 너에게 가끔 '여유'와 '위로'라는 친구를 선물해 주었으면 좋겠다. 그리고 "'오늘 실컷 놀아'라는"(「놀라운 일」) 진심의 말을 스스로에게 해 주었으면 한다.

　『마디마디 팔딱이는 비트를』은 청소년인 '나'를 통해 우리 안에 있는 까칠함의 가치와 삶을 대하는 태도를 다시금 돌아보게 한다. 또한 자신만의 노래와 음을 지니고 싶은 바람을 갖게 해 준다. 김미희 시인은 우리에게 무뎌지거나 무감해지는 자신을 일깨우며 새로운 나를 찾아가는 모험을 시도해 보라고 응원한다. 이 한 편의 드라마는 청소년들은 물론 인생의 사춘기를 겪고 있을 사람들에게 친구가 되어 줄 것이다. "예의 있게 더 까칠해져도 돼!"라고, 유쾌하게 말해 줄 것이다.

모자와 시를 쓴다는 것

우연히 두 사람이 나누는 이야기를 들었다.

머리가 큰 사람이 말했다. 앞으로 자신은 모자를 쓰면 안 된다고. 의사가 처방을 내려 주었다고. 두통은 큰 머리 때문이고, 큰 머리에 모자를 썼기 때문이라고.

이어서 모자를 쓰면 안 되는 그 친구가 옆 친구에게 말했다.

넌 좋겠다. 머리가 작아서.

머리가 작은 친구가 말했다.

좋지. 좋아. 앞으로도 쭉 작을 예정이야. 하지만 키도 작을 예정이야.

그리고 덧붙였다.

넌 표준 규격을 벗어난 모자를 쓰면 되잖아.

머리가 큰 친구는 아주 크게 고개를 끄덕였다.

아, 그렇구나.

규격품 S, M, L 중에 그냥 M을 고르면 되는 나도 크게 고개를 끄덕였다.

앞으로도 계속 머리가 클 예정인 친구는 모자를 쓸 수 있게 되었다. 고민을 해결해 준 키 작은 친구의 고민은 뭘까? 키 작은 친구의 고민을 듣고 머리 큰 친구가 말해 주겠지.

규격에서 벗어난 옷을 입어.

친구란 고민을 해결해 주는 사이구나. 나는 또 고개를 끄덕인다.

머리 큰 친구가 앞으로도 머리도 키도 작을 예정인 친구 덕분에 모자를 쓸 수 있게 된 것처럼, 앞으로도 계속 시를 쓸 예정인 나에게 친구가 나타나 해 줄 거라 짐작하는 말.

"표준 규격에서 벗어난 시를 써."

그 처방을 생각하며 오늘도 쓴다. 여전히 어설프다.

내 머리는 앞으로도 쭉 M 사이즈일 거라는 사실이 조금 절망적이다.

2019년 3월
김미희

창비청소년시선 17

마디마디 팔딱이는 비트를

초판 1쇄 발행 • 2019년 3월 20일
초판 4쇄 발행 • 2023년 11월 6일

지은이 • 김미희
펴낸이 • 김종곤
책임편집 • 서영희·정편집실
펴낸곳 • (주)창비교육
등록 • 2014년 6월 20일 제2014-000183호
주소 • 04004 서울특별시 마포구 월드컵로12길 7
전화 • 1833-7247
팩스 • 영업 070-4838-4938 / 편집 02-6949-0953
홈페이지 • www.changbiedu.com
전자우편 • contents@changbi.com

ⓒ 김미희 2019
ISBN 979-11-89228-12-5 44810